À Noam, sa Mamilo et son Papilu ;
vive les belles siestes en famille.
M.

© Flammarion, 2014
Éditions Flammarion – 87, quai Panhard-et-Levassor – 75647 Paris Cedex 13
www.editions.flammarion.com
ISBN : 978-2-0813-0694-3 – N° d'édition : L.01EJDN000982.N001
Dépôt légal : août 2014
Imprimé en Espagne par Edelvives – 07/2014
Loi n° 49-956 du 16 juillet 1949 sur les publications destinées à la jeunesse
TM Bali est une marque déposée de Flammarion

Magdalena — Laurent Richard

Bali
ne veut pas faire la sieste

Père Castor • Flammarion

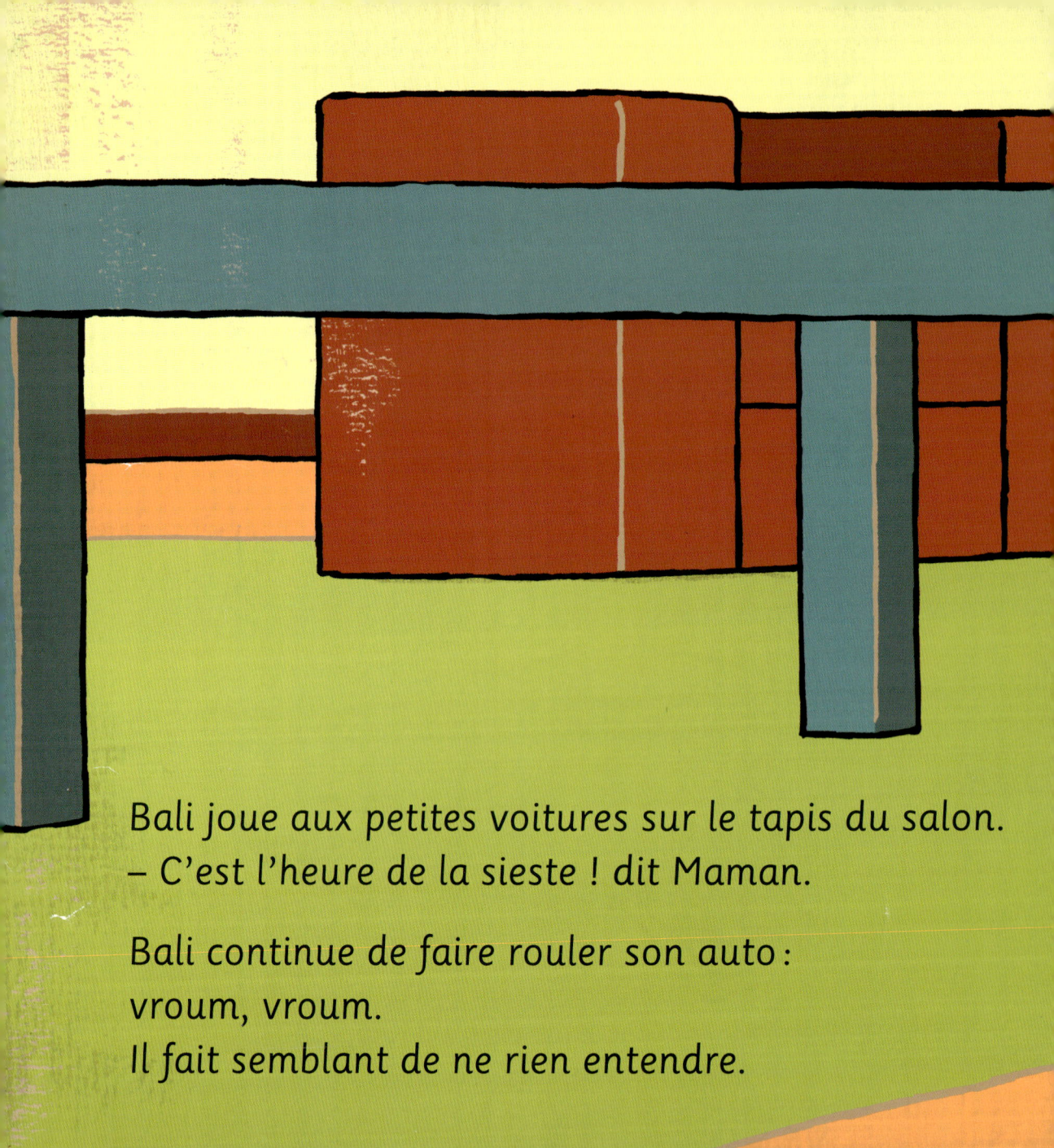

Bali joue aux petites voitures sur le tapis du salon.
— C'est l'heure de la sieste ! dit Maman.

Bali continue de faire rouler son auto :
vroum, vroum.
Il fait semblant de ne rien entendre.

11x5

Bali a tout à coup envie de faire comme eux,
il ne veut pas être le seul à ne pas faire la sieste.
Il grimpe dans son lit, couche son livre
à côté de lui et ferme les yeux.

Maintenant, toute la famille est endormie.

Mais Maman est allongée dans le canapé.
Elle aussi s'est endormie !

Dans la chambre de Léa,
tout est calme.
Elle dort toujours.
Alors Bali part raconter
son livre à Maman.

Mais Papa ronfle si fort que ça gêne Bali.
Il sort sans bruit pour aller raconter
son livre à Léa.

Bientôt, Papa bâille et finit par s'endormir tout à fait.
Bali n'a toujours pas envie de faire la sieste.
Pour ne pas réveiller Papa, il regarde son album préféré.

Alors Papa continue de lire à voix basse.
Puis Bali raconte en chuchotant
des histoires à Papa.

Papa raconte fort, avec sa grosse voix, et Bali rit.
Mais Maman arrive et dit :
– Chut, moins de bruit, vous allez réveiller Léa !

– Et si, avant de dormir, je te racontais une histoire dans le lit ? propose Papa.
– Ça oui ! Mais dans votre grand lit, alors, dit Bali.
– D'accord, répond Papa.

– Qui veut faire une petite sieste avec moi ? demande Papa.
– Léa ! répond Bali sans s'arrêter de jouer.
– Léa dort déjà, dit Maman. Et tu devrais faire pareil.
– Moi, je n'ai pas sommeil, je ne veux pas faire la sieste, dit Bali.